含蓄

於是我們擁有了

失去

序

當一切變得反常，我拼了命去找日常，最後我才是最反常的那個人。

二〇二一年寫完了《累倒就躺著不要動》之後，外間反應不錯（最少出版社是這樣說的）。我想這種收集故事後轉化成文字和圖的方法，會不會容易構成連結我們的載體，疏導我們在這個環境下的情緒。所以在構想新書時，我想找一個最貼身最接近日常的題目，收集相關故事代入轉化，再創作成文字和圖。最後我找到了——離別。

滿城都是離別的情緒，有人說上一次移民潮是一九九七年。那年我讀小學，當年暑假後回到學校，才發現班上走了幾人，我亦到過幾次機場送別親友。但聽說幾年之後，有很多家庭因為各種原因回流。那個年紀的我對離別沒有多大感觸，而今年身邊走了幾十人，有離港的，還有坐監的；有由細玩到大的朋友，也有工作上的好友、戰友。經歷了數次離別飯聚，尤記得有位朋友離別時，他遠望說了句：不能回來了，下世見。我忍不住落淚，為的不是這位朋友，而是他和這片土地訣別的傷感。

在網上公開收集故事，主題是在這個城市的離別。兩天後再看回覆列表和郵箱，竟有百多個故事。故事主要圍繞失戀、移民、送別往生者、身邊人入牢，細讀之後我崩潰了。那巨大的無力感和傷感，閱讀已經十分困難，還要逐一代入故事，想像情景、感受，配以插圖和文字。當中每個離別的故事除了情感斷開那幕，背後還盛載著當事人共同的回憶和離別後傷痛的漣漪和失落。寫這本書的那幾個月，我活得不似人形，每天質疑著：誰會想閱讀這本傷感的作品？在想書名時，我才開始感受到這本作品對我的意義，無論最後我們只能是「擁有失去」，還是「失去了，於是我們擁有」，希望這作品可以和經歷著離別的每一位，以相似的溫度和呼吸節奏連結在一起，那麼，經歷完離別後的我們或許就不會太孤單。

我把每個離別的故事都分成了「留下來」和「離開」兩邊。這是寫這本書最初的想法，希望在書合上那刻，分離的每位都能重新遇上，藉合書時雙手合十的手勢祝願每位有個美好的結局。

我們總會再見，再見。

目次

I 他

緊隨著那句再見

我清楚聽見紅線斷掉的聲音

我獨個兒拿著斷掉的一邊

原來維繫我和你的

只不過是一條

紅色的棉線

2 舒適圈

回想過去

要留在溫柔和暖的圈內

不也是花盡心力

現在舒適不再

隨著時代離開

最費力的

是承認道別

那個美好的過去

10—11

於是我們擁有了失去

3 夢想

抹好了餐桌

抹好了每件廚具

掛好圍裙

謝謝這年的光陰

謝謝有期限的自由

濃縮了我追夢的歷程

再見天空的那年

這裡應該不再一樣

希望這裡不再一樣

12—13

於是我們擁有了失去

4 列表

寫好了要一起做的事

在期限來臨前

逐一完成

我們不再說將來

我們不再說過去

我和你只剩下現在

直至列表的最後一項

我們都決定

不去完成它

無論有沒有以後

不需要每件事都完整

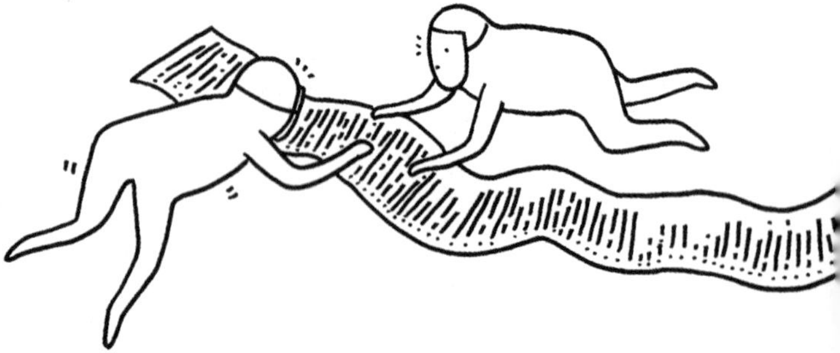

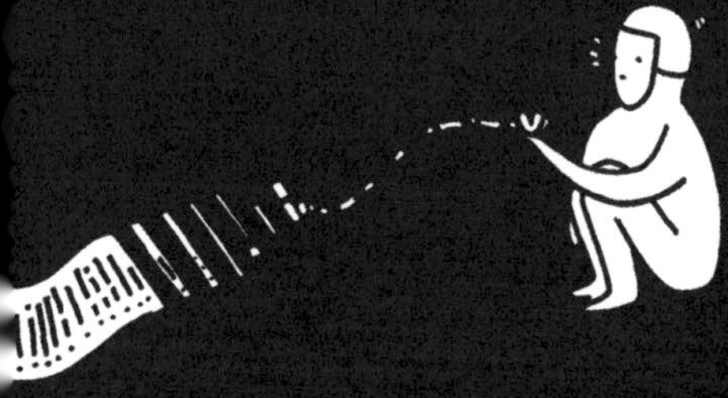

5 哥哥

我以為我們各自各的

向自己的方向走

早已分隔很遠

直到她的離去

我才發現

太多事情

我還是無法一個人面對

我好掛念你

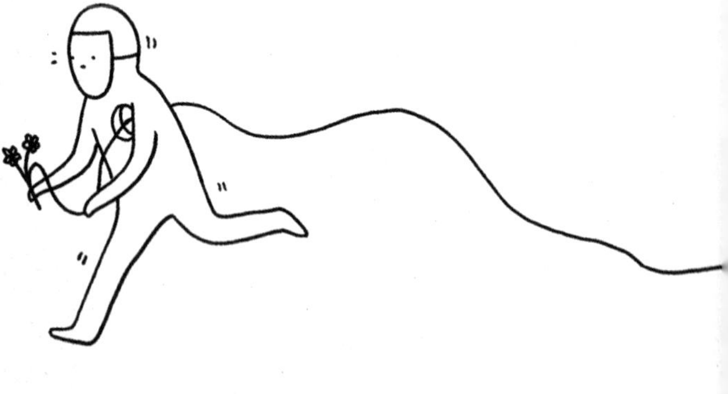

16—17

於是我們擁有了失去

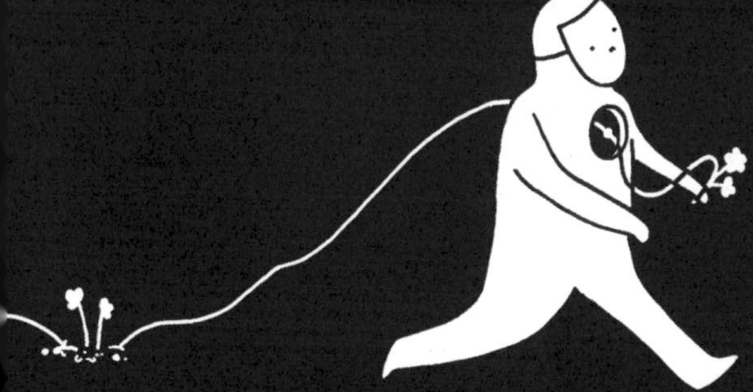

6 我們

當天我們

沒有約定而遇上

一聲上前

一聲後退

煙雨過後

前方的他沒有回來

後方的他沒有跟上

剩我一人走在路上

未能見面說再會

我們約定

再見

7 時隔

每封信件

每句說話

每句情話

都有時差

我用文字

寫下每天的所有事

你用每天的所有時間

細讀每個字

我們的時差

8 陌生

我以為陌生

解作從沒認識的人

原來要完全陌生

你先要非常認識那個人

太熟悉

太理解

然後一剎

就變成了陌生人

9 黑狗

我怕被你吃掉

你怕被我吃掉

我們都

完全忘記了

我就是你

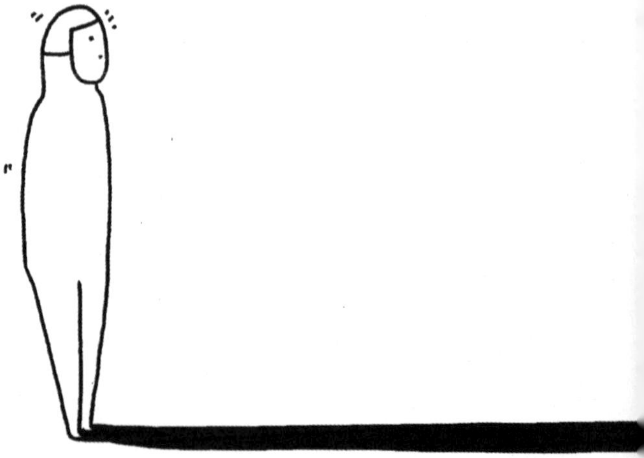

你就是我

IO 新世界

你一躍而下

跳進我們的心裡

世界緊隨著你崩塌

相互粉碎

留下我們

妄想重組

沒有你的世界

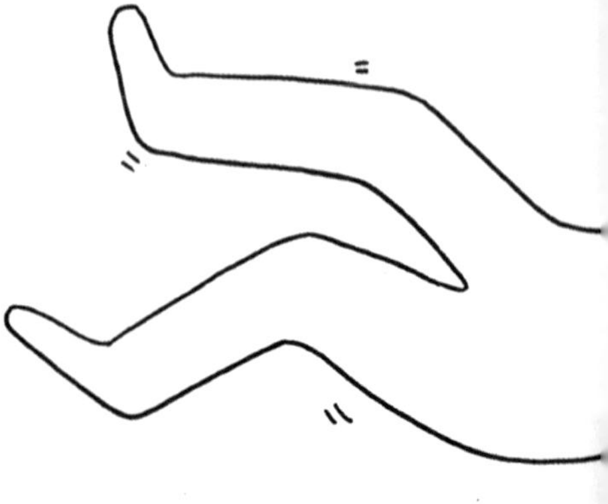

II 夢

閉目

步進逃生口

送別

這裡的荒謬

避不過

日間太陽的惡咒

醒來

一切

依舊

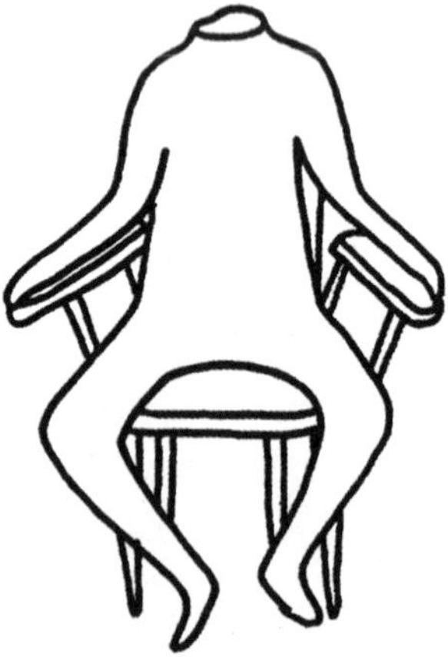

28
—
29

於是我們擁有了失去

12 擁抱

緊記要擁抱

交換溫度

13 感染

我把你離開的故事

遇上的每個人

從頭到尾說一遍

聽說

這樣做就能把傷感

一層一層地變淡

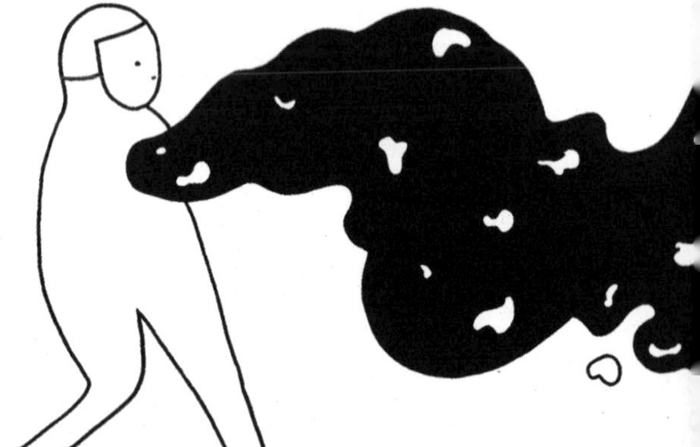

14 再見

那句話說出後

變成了魔咒

從此不會再遇

話說得太多

失效了

還是我們祈願

從來都誠心不足

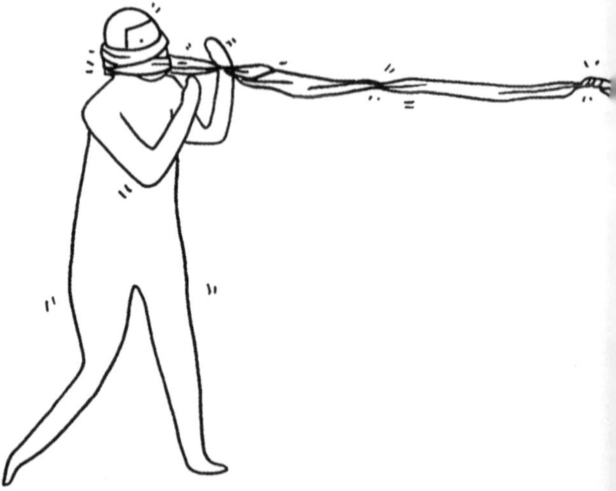

15 模糊

還未趕及說再見

你就在我睡夢中離開了

謝謝你最後的溫柔

還不忘給我一段路

好好釋懷

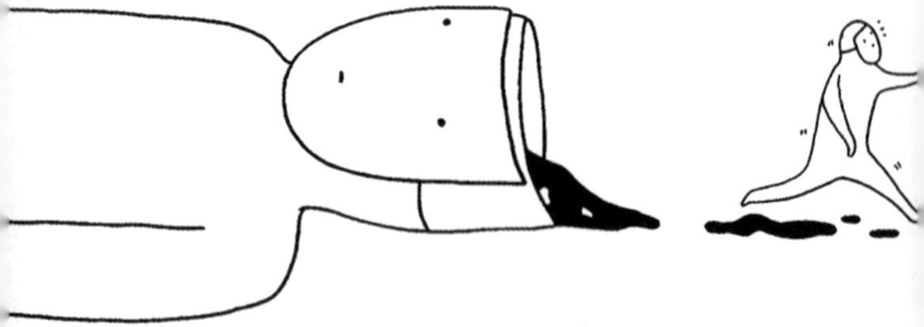

16 煙

我怕文字太多

我怕文筆太重

會燒不掉

化不了煙

飄不到你那邊

草草畫下句號

下封信再見

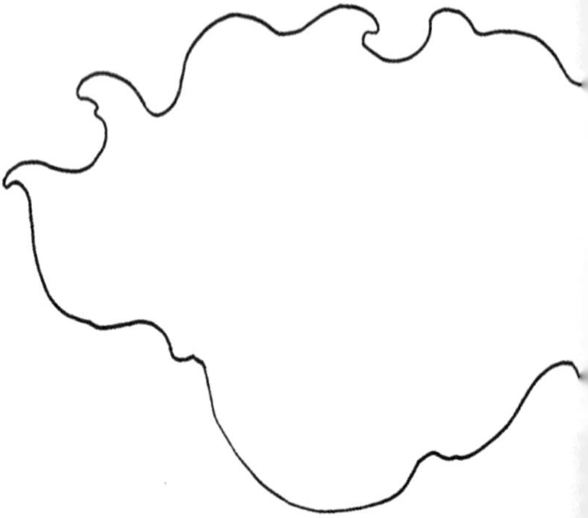

17 摩天輪

你知道摩天輪的相遇嗎

在你差不多走到最高點

我也差不多要離開

在最對的時候

我們遇上

只是在最壞的時候

我們不在同一個座位上

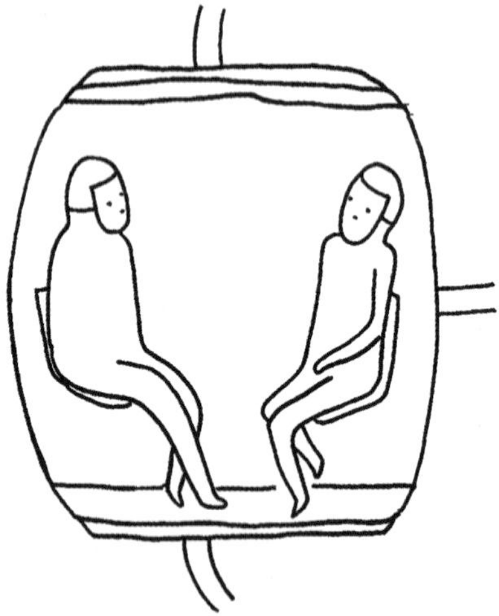

於是我們擁有了失去

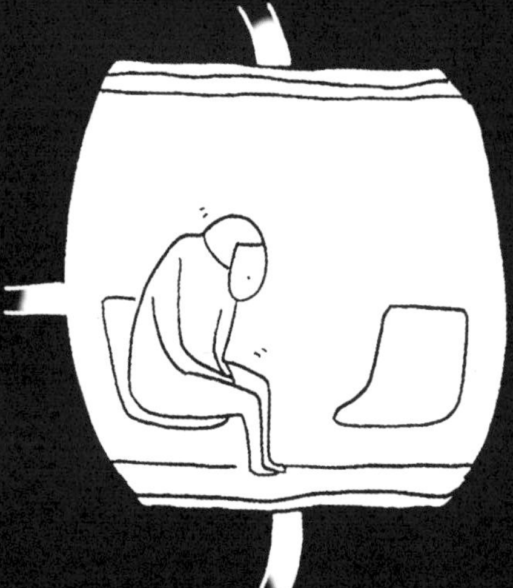

18 機場

全白色的走廊

全白色的天花

比冷還要冷一點

告別的地點

喪禮

醫院

雪櫃

化成煙化成鳥

化成無法觸碰到

慢慢化開

化掉

19 和小時候的自己

那個我

現在會怎麼做

如果沒有長成

這個我

會否更美好

發生了什麼事

那個我會想努力長高

希望急速變老

不是說好

要成為更好

[20] 未來

46

47

21 根

源頭

原由

關係

初心

斷掉

從這裡重生

22 失聯

電波能穿越空氣

相隔多遠

還是站在相同的土地

大概

我們在某處

還是緊密相連

還是無可避免

23 腦袋

要怎樣操作

才能不被操作

你讓我思考

改變我的思考

幫我思考

成為了我的思考

還以為

我在思考

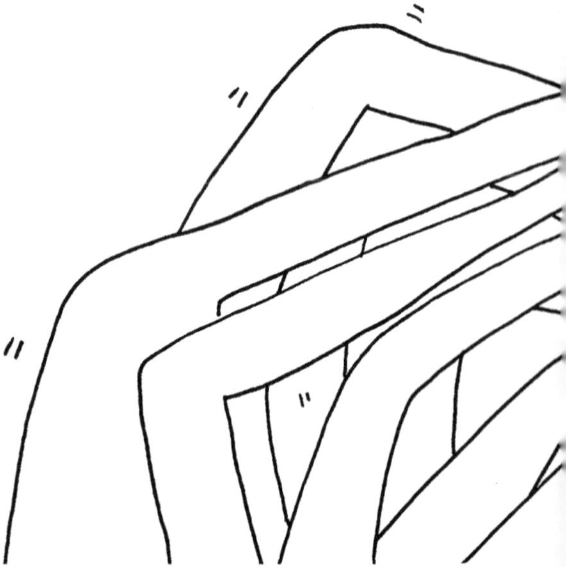

24 光

燭光

暫緩了傷感

受夠了

用口一吹

熄滅

讓這個世界

留在

閉幕前那一剎

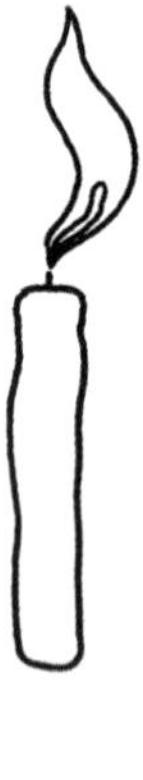

於是我們擁有了失去

25 月光說

和月光說

好想你

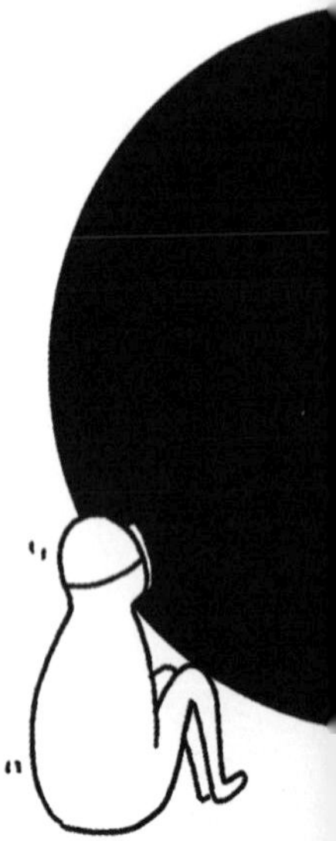

好掛念你

26 希望

在家裡

我放了好幾盆

沒有種子的花盆

每天早上帶出露台

淋水　聊上好幾個小時

然後帶回牀邊

伴我進睡

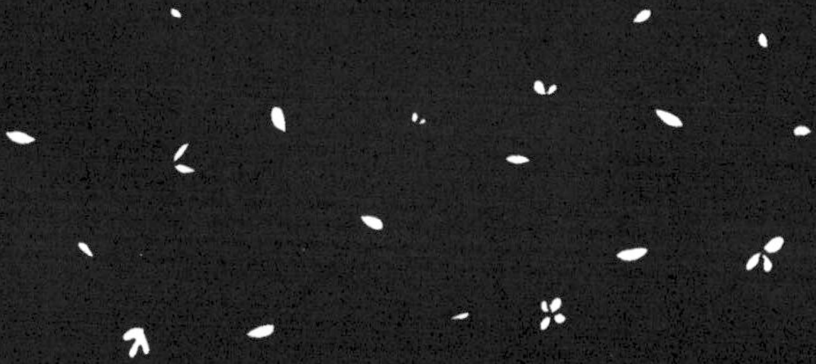

27 約定再見

你說

由這刻開始

你要走慢一點

停留一段時間

請我繼續走

我們往後見

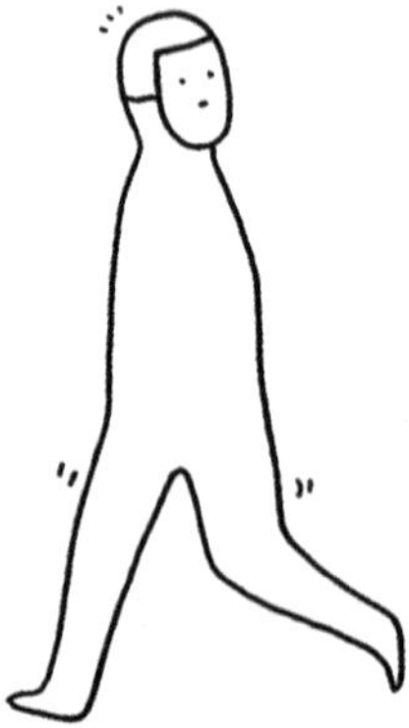

我們往後見

28 另一半

新的人類

看天空只有一半

跑過的草地

只有一半

鳥有一半

剛好只有右邊那一半

沒有你的那一半

於是我們擁有了失去

29 海浪

我們要為每次分別

說句再見

如有不捨

你或許就聽見

接連分離的

海浪聲

30 習 慣

要轉左的時候

我轉右

要向前的時候

我滯後

要起飛的時候

我跳進海裡游

和自己說三百句

沒有你的對白

我想我開始習慣

失去一個習慣

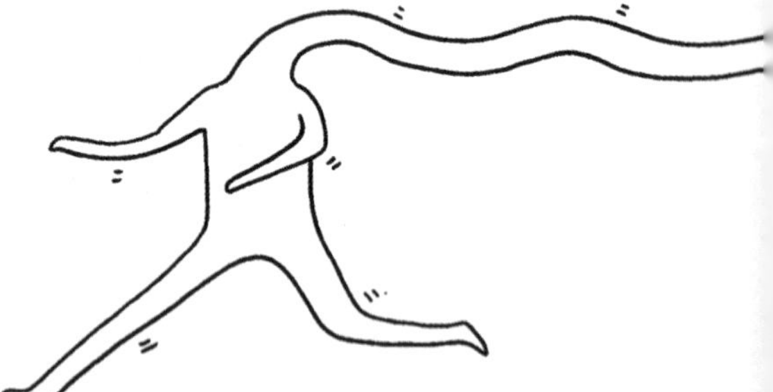

31 時間

快樂時過得

快一點

傷感難受時

久一點

然後太陽照在肩上的那天

然後我們勇往直前的那天

然後你被消失後的每一天

時間停了

停了在每一點

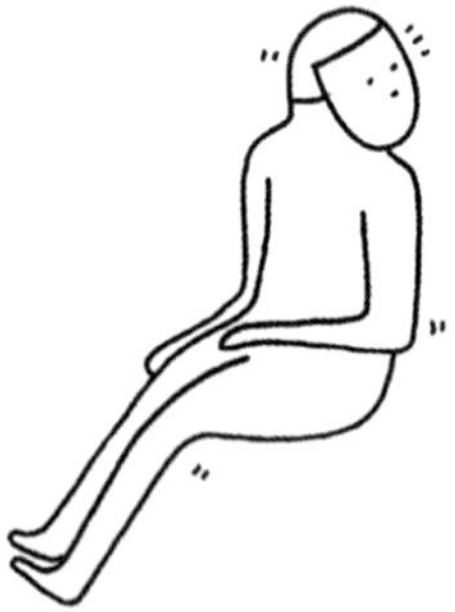

32 缺

我依舊安好

生活還算平順

睡眠還算充足

有時網上看到一些趣事

我還是會大笑

吃飯時還是會叫一道甜點

只是你們帶走了

我的一部分

一切都不完整

33 掛念

打在我身上的雨水

也應該到過你那邊

我的眼淚

應該也會到你身邊

成了你遊過的山

玩過的水

如果你忽然覺得傷感

或許

你剛好經過了我的淚

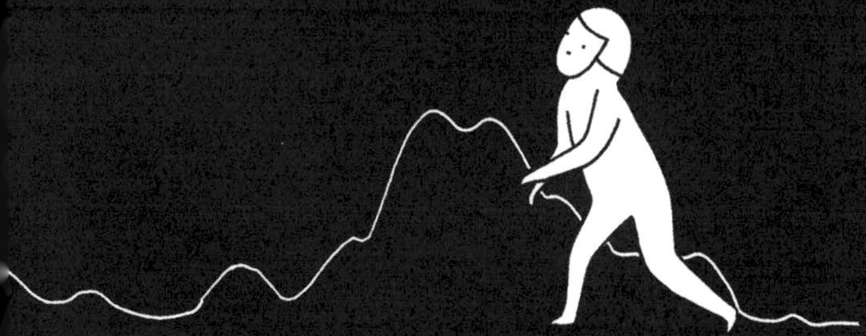

勿念

勿念

嗯

35 無能為力

在起行前

你拿起地上的石頭

用力緊握

彷彿他會給予你更大的力量

作為回饋

但你發現

他還是毫不動搖

冷冰冰的

你把石頭放回原位

離開

36 練習

合上雙眼

重新複習

你離開時那個畫面

傷疤會裂開

雙手發抖

這是我唯一

記著你的方法

37 家

關係破碎

分裂成碎片

一度以為

我們會保持

不被割傷的距離終老

想不到

碎片還會一塊一塊

消失不見

成了缺塊的拼圖

38 獅子

我試著

把獅子山畫下來

試了無數遍

總有點不對

回憶和現實

總是無法對上

你安慰我說是角度不同了

我笑了笑

39 安心詩

有些事
無論多努力
都沒有實現
我不會許願
一些必然的事
應當發生的事
總會發生
不要許願
耐心靜候

40 我

鄰居的鄰居

同事的同事

朋友的朋友

父母的女兒

牠的他

她的他

他的他

香港的人

斷了多年關係

刪了多年身份

幾近消失不見

有時望著鏡子也認不出這是誰

41 篩選

分類

歸邊

消失了一類

分邊

歸類

消失了一邊

我們你們他們

我你他她

我和你

我

42 儀式

告別的儀式完成

召喚回憶

引出眼淚

然後只剩下

一個人上路

落差太大

像個宿醉老頭

獨個兒承受

一連串的果

43 再見

不回來了嗎？

不回來了

這樣下去

應該以後都

不能回來了

新的

新的

無傷無痕

無烙印

新的一切

最後的果

也會是全新的

45 聽 聞

聽聞

你已經離開

聽聞

你離開時還未整理好心情

聽聞

離開那天你連該哭還是該笑

要帶什麼留下什麼

都還未決定好

聽聞

你沒有說過再見

沒有揮過手

就這樣離開了

46 清單

把所有人

按次序排一次

每個人重溫細讀

每個經歷每句說話

才勉強定好

說再見的時間表

用剩餘的時間

由頭到尾地說

再見

47 夢

有天早上

聽見你召我起牀

我說牀很軟

要多睡一會

你沒有堅持

很反常

我用力打開雙眼

原來還在夢中

發了很久很久

的一個夢

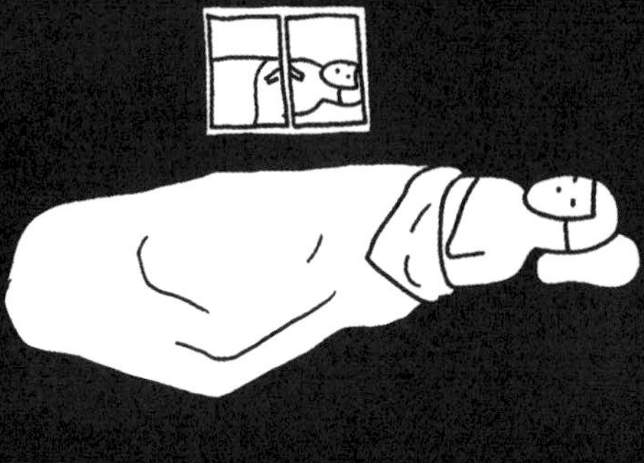

48 關係

我可能與你再無關係

無可能

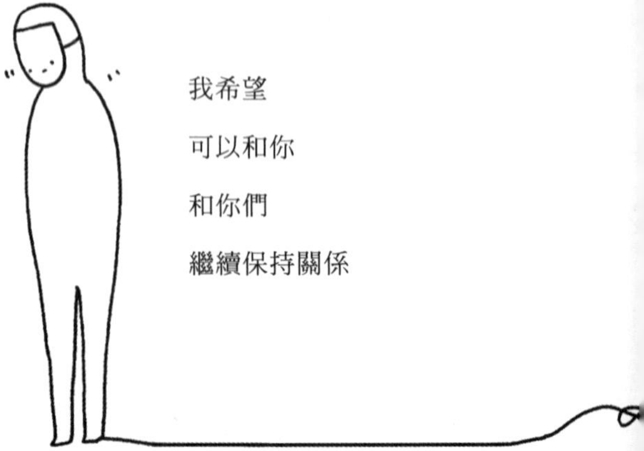

我希望

可以和你

和你們

繼續保持關係

有可能嗎

那離開的原因是

49 練習失去

練習

練習

神經習慣

雙目落淚精確

靈魂自動反應

這裡是練習場

不停練習複習實習

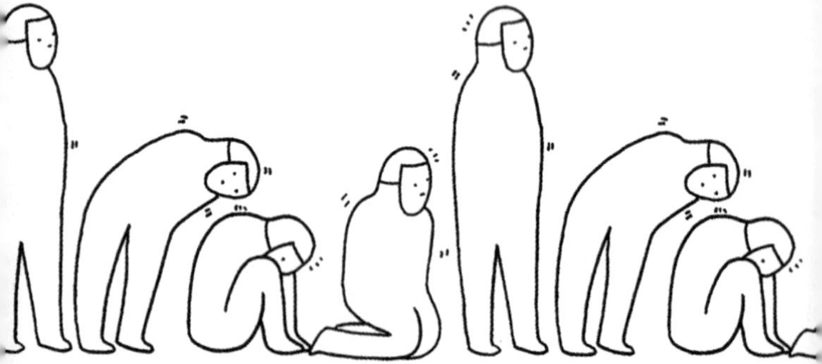

50 （上）

發現了身世的真相後

他決心離開

他知道草原的自由

聽聞過藍天的自在

寬闊的大海

好像無論哪一處

都比這一處好

知道了真相

他只能離開

水族箱的神仙魚說

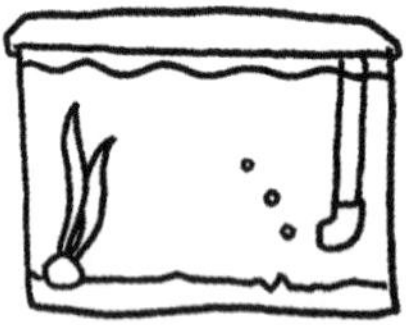

51 （下）

神仙魚死了

出問題的是水族箱

神仙魚就是水族箱

他不明白

有些關係

費盡力氣都只剩下無奈

有些關係緊密相連

無論如何都無法分離

神仙魚的水族箱說

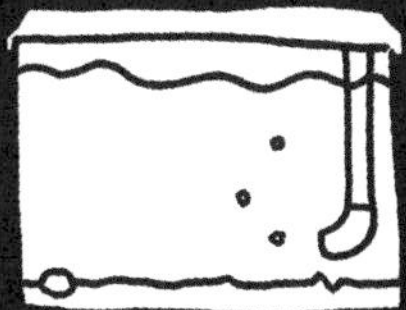

52 不再

我知道

這裡不好

不再美好

不會再好

我只是不知道

屬於這裡的我

為什麼

值得更好

53 送別

按下

化成煙

我們呼喊著你

一路好走

一路好走

一路好走

54 揮手

我用盡力

揮動右手

是什麼把你帶走

是誰把你帶走

是那場大雨

是那煙霧

是叫喊聲

是臉貼地的溫度

是車的聲響

是什麼把你帶走

我揮動我的右手

55 禱

留下來的事

一

二

三

四

五

直至永遠

誠心所願

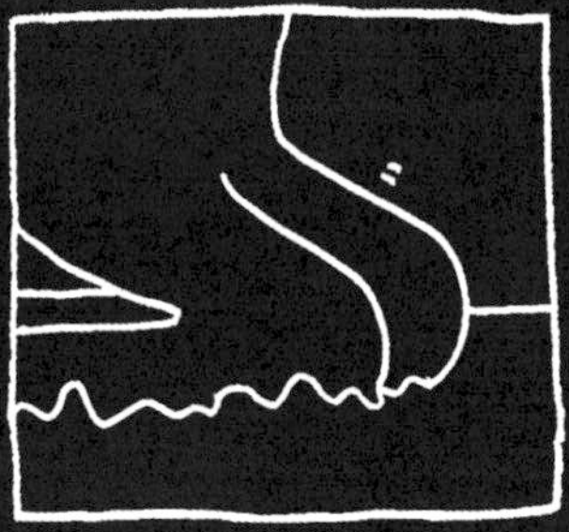

56 樹

我沒有選擇離開

也沒有留下的選擇

留在這裡

看見改變

如常改變

離散相聚

有天你們會回來

以不一樣的方式回來

留低的

也會以不一樣的方式

離開

57 可以

能源耗盡

可以不用太光

可以調暗一點

可以覺得累

可以休息

可以放棄

可以投向黑暗

也可以離開

一切也是一部分

就沒有分離

沒有會斷掉的光

沒有消失不見的河川和瀑布

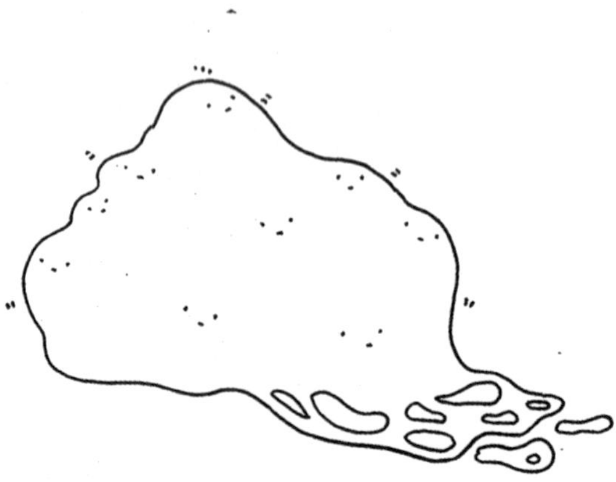

於是我們擁有了失去

那是什麼 ？

你再問

誰消失了

還有

我們

我試著回答

是離去後

消失的那條線

他和他們

好像還有一艘船

59 復活儀式

在提起筆時

你已經消失不見

有時我會覺得

畫下的每一個你

都成了分靈體

分享了靈魂

不至消失

到某一天大家談起你

你又會重生

然後繼續存在

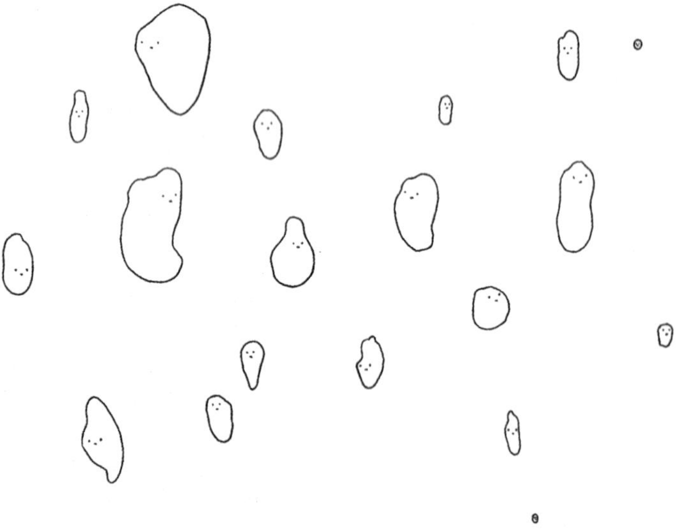

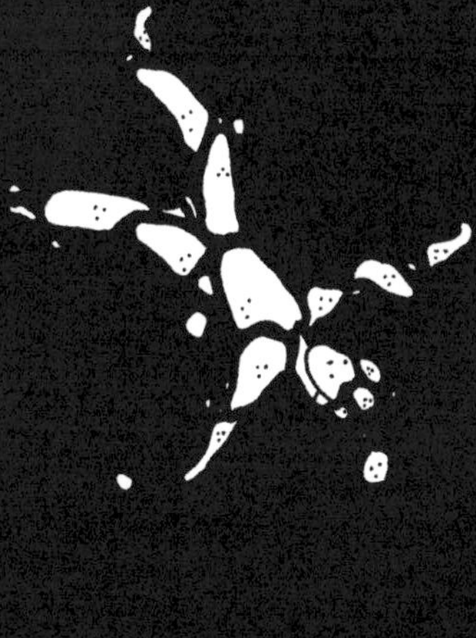

我把它放在泥土裡

希望會長成花

活在同一天空下

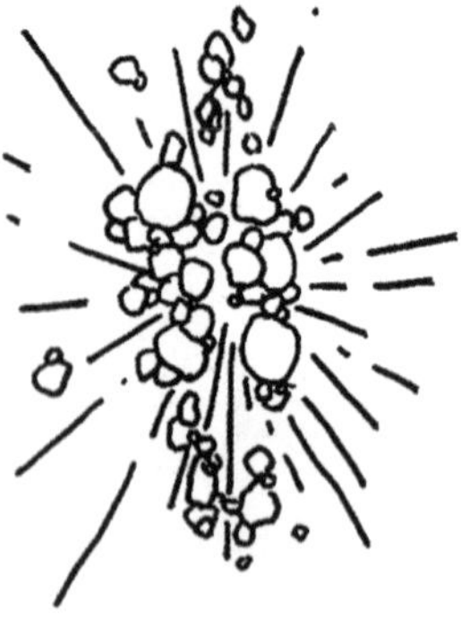

於是我們擁有了失去

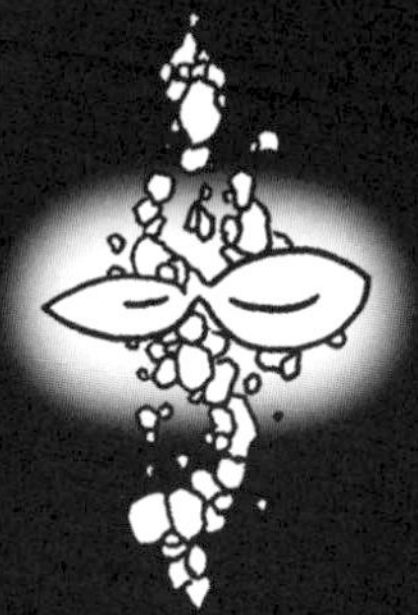

61 背包客

為離開課題

安上一個使命

在斷裂成碎片前

嘗試穿一條紅線

貫穿那些帶不走的關係

無論人或事

身份還是土地

要串連

快要散失不見的

前半生

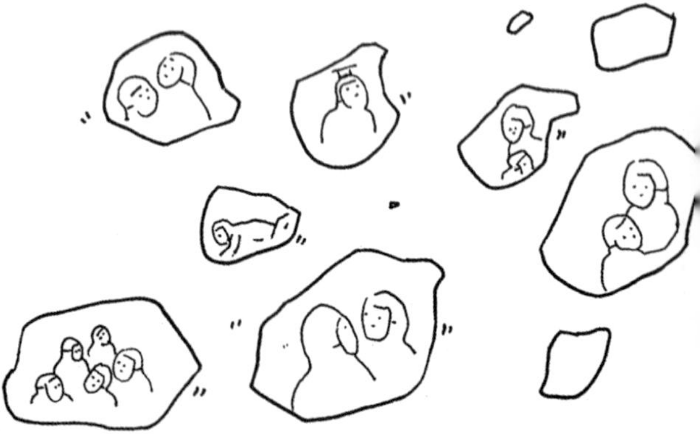

於是我們擁有了失去

62 宣言

我會留下來

好好生活

我會把未能做好的做好

我會把未能做到的做到

我會用我的方法發亮

我會照亮一切未能照亮的

然後我會接你回來

回來這個足夠光亮的地方

我要離開了

我會好好生活

我會把能做好的做好

我會把能做到的做到

我會用我的方法發亮

我會照亮一切能照亮的

然後我會回來找你

用我的光照亮這個地方

63 完

碎裂聲響亮

無處不在

城內逐漸瓦解

分裂成鋒利碎片

無時無刻

相互割傷

割裂

每個人都無法

完整地生活

只能不停分裂

分割

滿身傷痕

再見

65 一起

你要記著

無論有多遠

無論有多困難

無論多久

我們還是在一起

沒有分開

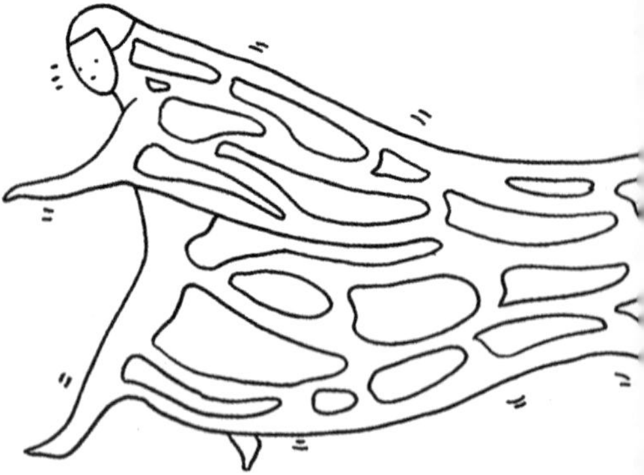

無法分開

66 彩虹橋

你在那邊好嗎

沒有我在旁

生活適應嗎

有吃飽嗎

有遇見彩虹橋上的同伴嗎

好想抱你一下

67 支撐點

好好保守

你的靈魂

一切崩壞

倒下

再沒有支撐

唯有你的靈魂

會一直伴你走下去

68 交易

只剩下靈魂

有自由嗎

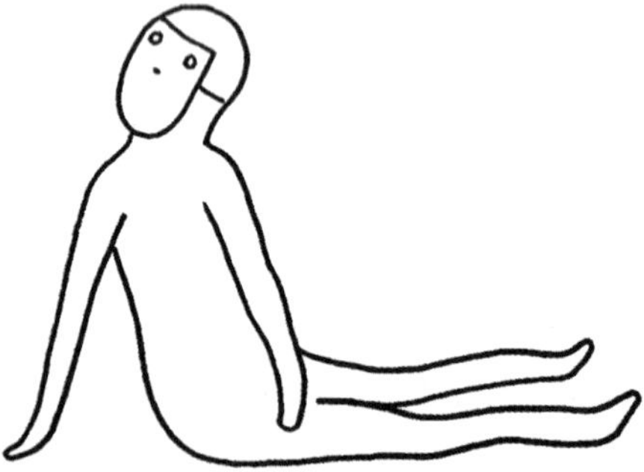

靈魂賣掉

你就可以自由嗎

69 我們繼續

我不知道

還可以畫多久

如果我離開

會否畫得更好

畫的角色

會否更自由地飛舞

但無論怎樣

我還是會一直畫

一直畫

於是我們擁有了

失去

作者｜含蓄
編輯｜Annie Wong、Sonia Leung、Tanlui
實習編輯｜馬柔
校對｜Iris Li
美術總監｜Rogerger Ng
書籍設計｜Tony Cheung

出版｜白卷出版有限公司
新界葵涌大圓街 11-13 號同珍工業大廈 B 座 16 樓 8 室
網址｜www.whitepaper.com.hk
電郵｜email@whitepaper.com.hk
發行｜泛華發行代理有限公司
電郵｜gccd@singtaonewscorp.com
承印｜栢加工作室

版次｜2022 年 7 月 初版
ISBN ｜978-988-74871-6-6